+ 第39届青春诗会诗丛　《诗刊》社／编

康承佳　著

一种具体

长江出版传媒

长江文艺出版社

39
Youth
Poetry
青春诗会

元复诗歌基金支持

康承佳

1994年生，重庆合川人。毕业于武汉大学，湖北省第十四届签约作家。曾获全国大学生樱花诗歌邀请赛特等奖。

目录

辑一 写给先生

辑二　明亮的喜悦

辑三　身披水雾的人

辑四　拟物

辑五　兼致星翰

辑一　写给先生

倒　叙

我们的墓前
肯定会下好看的雪
像你推着我的轮椅在东湖看到的那种
病痛对于我们
就像必要的争吵，其实并不可怕
毕竟我们足够勇敢
拥有足够的耐心

当然，雪也下在我们的中年
伴随着月亮升起
雪在珞珈山上落下
这一生，我们将和无数场雪重逢
多好，雪允许我们赞美
也允许我们流泪

你还记得吗，蛮蛮
我们初次遇见也是在冬天
头顶武汉肥大的雪花
我们回到哽咽而笨拙的青年
站在华科光谷地铁口，你我遥遥地望见

背着红色的大书包你穿过人群跟我打招呼

"学姐，你好呀!"

然后，我们老了

然后，我们都老了
一切有关岁月的消耗
都融在了身体里
顺应季节，依次交出疾病、疼痛
以及有关孤独的表达方式

远山不远，怀抱孤绝的弧线
起伏中藏着生命完整流畅的阴影
潮水退去的两岸，你知道的
人间已是秋天，当然
我们也是枯黄瘦弱的一枝

当冬天奔向雪山，先生
我必然在途中等你
老去的形态有很多种
不要怕
我们依旧拥有流水的清澈
以及水落石出的耐心

先生，当我们老了
我依旧爱你，像你爱我那样

我们依旧慢慢地走着
互为拐杖

从来不必从身体里掏出
关于严寒的供词

手折的玫瑰

作为脆弱的、深红的、单薄的折纸
历经爱人的手，它便
由平面走向了立体的三维关系

它躺在花瓶里，迎光，吹风，蒙尘
感受花朵必将承受的命运
即使它不曾获得那被驯化的花香

但它从不枯萎
从不借死亡向你我讨要关注

春夏秋冬一年四季，它不择时令地
站在那里，复述美丽，复述爱

从不在意你我路过时
是否能为它献上一小段光阴

橙　子

它蓄满整个秋天的甜蜜
耐心地等待
等待一个同样甜蜜的人
在冬天把它打开

于是，一月的某个傍晚
我和先生分享一个橙子
分享它藏在体内
过分清甜的四季

必然，那丰沛的汁水里
是迎风而立的花香
是穿过夏天雷鸣时果子的雏形
是祖父一样的老人伸出干瘦的手
在深秋将它采摘

后来啊，它走了好远的路
才来到这里
一次性掏出身体里
为我们准备了一生的甜

先生，这个黄昏

请我们务必幸福

才不会辜负

一颗橙子的全心全意

杨梅青涩

它们那么年幼
热闹地挤在枝头。真好
这么小，它们就已经目睹过
湖北的雨水和落日的盛大

江浙的杨梅都早已经上市了
小区的杨梅还是一颗颗青疙瘩
它们目中无人地生长着
也无所事事地生长着
但隐约察觉，它们很快乐

快乐的杨梅呀，每天都只是
看老人走过，小孩跑过
小情侣牵着手路过
看美好的事物在树下投放
好看的影子

但它们依旧保持青涩
保持对时间的警惕

爱　人

我依旧惯性地在你身上练习
如何表达脆弱，比如索要拥抱
让我看上去
也像是一个勇敢的人

你知道的，一只手，牵起另一只手
足以牵起那么多温和的光
让上帝和命运对我们的善待
都躺在手上

何其幸运，我们都是不善表达的人
很少懂得如何诚恳地描述委屈
以至于，让疲惫
有了深刻的场景和样貌

何其幸运，两个内向的人可以相爱
那些习以为常的亲吻和拥抱
让我们如此轻易地
就交换了隐秘的疼痛
和深深的安慰

先生，秋天了啊

楼下的木槿花又开了
我们务必记住的是，是木槿花
把秋天带到这里，与我们重逢
花朵无用，只负责让美好发生

秋天了啊，先生
想起多年以前我们必然在秋天之后遇见
秋天，便成了喜悦的出处
即使它必然走向坠落，走向灰白的时刻

为了秋天
梧桐树准备了好久，枫叶准备了好久
我们也准备了二十多年

是的，秋天以后
我们必将遇见，从此
带着风声微凉
把无数的秋天，从头展开

赏　月

我们坐在小区人工湖边吹风
看小桥抱住水面
借倒影咬合出圆的另一半
垂柳追风，高高地扬起
又轻轻地下落

我说，古人真是寂寞
几百年来晚间的娱乐活动
来来去去也只是喝酒赏月

你说，今人更是寂寞
娱乐至死的时代，仍然不可避免地
被一弯月亮打动

月亮高高地悬挂着
不说话，像一首没有唱词的
寂寞的短歌

孤独的花束

傍晚，先生下班买菜回来
带了一扎栀子花

那是被挑选剩下的、已经泛黄
趋近枯萎的栀子花

家里没有花瓶
我把它插在喝水的杯子里
它是如此瘦弱、疲惫
在半杯水里，轻轻地抱住了自己

次日清晨，它并没有在我的照顾下
活过来。瘫软的样子逼近死亡的姿态
只有花香还努力着
铺满整个房间

黄　昏

在生活面前
我的腰身越来越粗了
你的肚子越来越大
后背也越来越宽

以肥胖的方式，我们
一步步实现对中年的模拟

没有谁留意这些
流浪猫在屋瓦上，跑出了
阳光暮年的形状，瓦片延伸
托举着水杉老瘦的阴影

树下，孙女牵着爷爷的手在索要一块糖
脚下不断消融的雪，泄露了春天的消息

小女孩是甜蜜的，爷爷也是
冬天结束前，或许，我们都是甜蜜的

夕阳抱着水面，抱着云朵和我们的倒影

万物都在等待，等待夜晚，等待春天
像是，等待神的降临

糖醋茄子

当一道菜足够快乐，它就能
找到幸福的人和一个同样幸福的晚上
糖醋茄子就是这样

这是你尝试为我做的菜
把茄子切块儿，泡姜切丁，葱切段儿
蒜和辣椒剁成小小的颗粒
要有足够多的糖，足够多的醋
足够多的试探与喜悦
素昧平生的它们，会在一道菜里
狭路相逢

炒菜的时候，夕阳爬上屋顶
万物借着余光，灿烂地活着
微风路过时，麻雀正站在对面枝头
唱不着调的歌

扯　证

蛮蛮，今年我二十九，你二十六
像花朵一样的年纪，这比喻真是
可笑至极。即使二十年后
我们依旧是花朵，在不同的花期

我们至今仍然不理解
办理结婚证前后有什么不同

依旧还是你做饭，你洗碗
你收拾狗狗的粑粑
然后把每个房间的垃圾
归拢在一起送到楼下

依旧都是把诗歌的每一个词语
拆解成我们的日常琐碎
尝试把每一天都活成
一个可爱的句子

蛮蛮，命运待我们，依旧良善
允许我们不务正业地结婚，活着

毕竟，需要严肃和敬畏的事情太多了
偶尔我们也可以活成命运的
漏洞或歧义

我爱你

说出这话的时候，我扯着嗓子
以一种浮夸的方式。你把被子往上拉
遮住了我露出的肩膀和手

未经你的允许，我总是把"晚安"
随意替换成"我爱你"，哪怕一句过于郑重的话
重复多了以后，质量会变得很轻
我仍然把一生的承诺
放进一个晚上，放进每一场梦之前

偶尔，你会给我回应，大多时候
你总是一笑而过，像搪塞一个小孩

而后我们相继睡下
我抱着被子你抱着我
月光稳稳地抱住了我们

"我爱你"，这一次是悄悄的
有月光为证

白桦已落叶

蛮蛮，去信不知道说些什么
楼下白桦已枯，继而落叶
冬天也是这样的时候，恰好来临

总是给你如此琐碎、如此庸常的情绪
恰如我们的一日三餐

是如此幸运，我如此的情绪
都有着很好的来处与去处

我想，多年以后
我将以此跟孩子们解释爱情

草绿了，花开了，叶子黄了
毋庸置疑，都是情话，你务必
认真地告诉那个，你想告诉的人

养 花

我始终无法理解养花之人
消耗整整四季去等待一朵花的
绽放与凋零。年复一年循环
这样一个必然会陨灭的过程

直到我开始种植向日葵
陪同它破土，发芽，拔节，开花
看迷路的七星瓢虫栖息在它身上
蜜蜂和蝴蝶，偶尔也来探访
看无数的光，抱着花束的模样

那么脆弱的、小小的一枝
却足以托举起另一些生命的重量

晚间有风
摇向日葵的枝干、叶子、花朵
影子和影子摩擦
也会有好听的声响

小西瓜

我们按时给它浇水，施肥，开花时
代替蜜蜂给它授粉

从一株西瓜藤上，是的
我们必然感受到时间的秩序、张力和温柔
偶尔，也能理解瓜农除收获之外的快乐

当一根藤蔓上的果实越来越多
小小的一颗，又一颗
我们会挨个儿地给小家伙们取名字

并从它们身上
畅想整个夏天的按时到来

但小西瓜从来不理会我们
依旧坚持幼小，坚持稚嫩
倾其一生
都在用生长和土壤交换甜蜜

日常生活

他说要给我变个魔术。于是，背过身去
用新买的栀子换掉之前枯萎的花束

得意扬扬的，他拉着我
说要展示魔术成果，满脸骄傲
像是一个等待被夸奖的孩子

我们在一起好多年了
他依旧笨拙地学着给我初见时的惊喜

似乎，我们不必用力
就可以很快乐
像栀子
给微风递出清香的花枝

年近而立

我们给小西瓜搬家
给栀子花找一个避雨的瓦房
学着像小狗一样蹲在地上，互相地汪汪
然后看着彼此，咯咯地笑

我们认真地做着小孩子才会认真的事情
并从中获得纯粹的快乐

当一个干净的人，遇上另外一个
蛮蛮，我把这样的遇见，温和地消化
并把它命名为"我们"

年近而立，时间落在你我身上
没有反射出具有弧度的光

我们对生活
依旧怀揣闪亮而可爱的洞察

让我觉得生命偶尔的不幸
真的值得被一再原谅

我们在四月

我们在四月，练习对生活的热爱
从散步折回的花枝身上，习得草木之心
学习借露水的姿态反复伸长脖颈
试探夕阳对我们偶尔的眷顾和不忍

我们在四月里重新相识
从询问对方名字处开始
一点点地拼接喜欢的人该有的样子

我们在四月，练习拥抱，练习亲吻
不断地在错过和过错里
去捡起必要的耐心

禄森，四月，在我们之中
应该有一个名分
即使我们必然在途中相爱
即使露水不撞见我们也会倒映出万物的天真

做　饭

肥胖的大蒜，一颗颗剥好
放在碗里。又瘦又高的丝瓜
也刮了皮。哦，还有小葱
脱去外衣，从它体内取出
新鲜清脆的香味

周末的下午，我们一起做饭
像迎接盛大而珍贵的节日

真好，也是这样的时候
微风和日光
穿过阳台，也找到了我们

感谢命运
让我们如此朴素地爱着

教会我们如何在一道菜里寻找
生活的善意

并且在点滴日常里
练习对庸常的理解与耐心

什么都没有发生

邻居家的狗子在叫，汪汪了好久都不见停
那个清晨来赶集的农妇的菜篮子里
莴笋和她一样，都耷拉着衰老的身体
和日光同频

午后慵懒，是万物在努力模拟
最干净真诚的关系

我又听见楼上奶奶在唠叨老伴儿
马路上小孩儿在喊谁

即使夏天还在很遥远的地方
人和人就已经开始很亲密

下午，没有什么要紧的事儿
也没有什么要赶着发生。你依旧
跟我有一搭没一搭地聊起核磁共振实验

我痴痴地望着小区水池里
金鱼挺着肚子又肥出一截。微风

撞上樱花树之后

越过窗子又撞上了我们

亲爱的冉先生

门边青苔渐生，雨后
又有好多小家伙在生长拔节
你看，生命总是在低处，和我们
遥相呼应

蜘蛛网被房子的漏水打了个洞
于是，蜘蛛去了旁边织网，多像祖母
老是在缝缝补补中咀嚼
对生活的耐心

你骑着小电摩从实验室回来
身披雨水，好像宋词里
被打湿的那一段抒情

偶尔，从你身上看见祖父的样子
他带月荷锄归打开老屋木门的那一刻
会从兜里，给我掏出
几颗落地的泥花生

是十月和所有的时间

蛮蛮，你总是让我想起美好的事物
比如浪赶江滩、风过珞珈
雨，不急不慢地在湖北落下

还有三月樱花腊月雪
身披桂香永远只有十七岁的武大

蛮蛮，我无法想象比你更辽阔的人
你给我枝头杏子伞下江南
给我云朵和白鸟争相飞过的湖泊
以及湖泊上的倒影

给我混沌的刹那
也给我不断重来的夏天
偶尔，你还给我
万物轻盈的瞬间和答案

蛮蛮，你是如此可爱而温暖的人呐
是山头暮色桥下青苔
你是头顶月色的由远及近
是指尖温度和心头暖暖。是日头

穿过法国梧桐打在身上的光斑，是我此刻
的慵懒以及下半生灿烂的溃败

亲爱的

先生，我爱你新鲜的疲惫
如同青苔绵软，收留了昨晚的雨声
你不曾告诉我的隐痛，都藏在
句子的停顿处，连日以来的阴雨
仍然不能阻挡你成为一个晴朗的人

冬天深了，大雪正翻山越岭赶来
掏空沿途寂静。对待万物
我们仍然手持相似的困惑
并不着急找到一个具体的回应

你看，阳台上，手种的草莓硕大
上面躺着你逗留的每一寸光阴

天空以下，万物都在不急不慢地生长
有风的时候，也悄悄发声

我是爱你的

我是爱你的，蛮蛮
日光往下，云朵为证
每一次喊你的名字，都能找到
欢喜的出处，幸福高悬在枝头
我叫你一声，它就应一声

一场雨，从我们认识的时候就开始下起
后来是雪，再后来是雾
它以不同的身份，无数次探访我们

蛮蛮，我想我是爱你的
像冬日午后的太阳，暖暖地落在身上
也像雷鸣后的风暴，带着赴死的决心

人间事

蛮蛮，今天小雪
人间的冬天我们已经历经了好多次
是不同的严寒，在向我们靠近
我从下午开始数窗外稀疏的鸟声
除了爱人，还有它们愿意为我掏心掏肺

蛮蛮，炊烟已散，故乡也已经远去
祖父的坟山杂草丛生，杂草顶着落日
让土地看上去不那么荒凉，也让我们看上去
像是有家可回

蛮蛮，我们从什么时候开始
把重庆命名为家乡
把家庭地址下意识写成湖北武汉
什么时候开始
回家变成了坐地铁而不是乘火车
我们已然领受了异乡赋予我们的惯性
在不同的时间刻度里，似乎我们依旧可以
找到命运的确数，并顺应地掏出体内的群星

无话可说的时候

出租屋很小，刚刚塞下一张床、两张书桌
我们一人一张，各自学习，娱乐
做无意义的事情

太阳光进来的时候，挨个儿地抓住我们
——投放好看的影子，傍晚的时候
风，偶尔也来，摇晃着窗子
把窗帘高高地扬起，是那么明媚

晚上，有星星在窗外过河
慢悠悠的。我们晒着月光
时而谈话，时而沉默
无话可说的时候
我们也舒服地待着

默契的安静，安静的默契
赋予这个晚上
以柔软、清澈和辽阔

周末的晚上

我们并排坐着
理解一种微小的静寂

世界向内收紧，缩回到
我们十平方米的卧室

你依旧听着一首过时的歌
我继续写没有完成的工作总结

星星分行排列
像一首还没有完成的绝句

月亮挂在窗户上
大得分外专注，白得异常认真

盛　夏

在盛夏，风是可以燃烧的
云朵也可以，漫天晚霞奔赴
一场动荡和浩劫

黄昏以后，天空以下
所有事物都热烈地爱过
拥有烫手的体温

我们也一样，晚饭后走在
还未退凉的马路上聊聊心事
影子和影子交错，像极了爱情

你知道的
这是一个如此庸常的夜晚
月亮还没有出来
灯光提前爬上了树梢

风起的时候，湖面碎成了夜空的样子
银杏专注于开花，杨梅用心地结果
无须星光的照耀，万事万物都
找到了自己的去处

辑二　明亮的喜悦

宝 贝

白天捏紧的小拳头，终于
在你安睡以后，打开了弦月的弧度
在黑暗里，握着隐约的光

断断续续的，你小小的鼾声起伏
我想，你必然在做一个可爱而凶猛的梦
唯有可爱，唯有凶猛
才能让你的鼾声听起来，有着
潮起潮落时扬起的
浪花的韵律

真好，黑夜足够漫长。让你在梦里
有充足的时间和小怪兽做斗争
大多时候，你都是胜利的，毕竟
当你伸出稚嫩的双臂让我拥抱的每一个早上
你都不自知地泄露出
新鲜的喜悦

月亮的边缘

小小的人儿从来都不知道什么是孤独
这里的土地
一年四季都会发不同的芽
开一群又一群和她一样小小的花

夜晚有多漫长
就有多少美好的事情会发生
孕穗的早稻和拔节的玉米
迎着风沙沙地响，哼着爷爷教它们的童谣
长得和她一样瘦瘦的高
星星挨着星星，就像她靠着奶奶
有讲不完的话

那些瓜果蔬菜抱着土地
就这样和夜晚交换了甜蜜
那时候，小小的我们
从来不知道长大为何物，一次次
摇着奶奶的蒲扇，在院坝儿乘凉
坐在重庆的群山之间，痴痴地远眺
也一次次如此地靠近
月亮的边缘

正月，一些美好的事物

雪还没有化完
凝固的姿态让一条路，也有了
静止的冲动

我们沿着小路往回走
阳光追着影子追着我们
让四周的静止
布满了危险与诱惑

车流断断续续，人群也稀稀拉拉
新年的热闹都去了僻静处
回应着村子里倾斜的炊烟
和祖母的吆喝

马路两旁法国梧桐光秃秃的枝丫
毫无保留地伸向天空
想要讨要些什么。天空慈悲
给它云朵，给它微风
还给它偶尔的鸟鸣

我们往新年的路上赶

一些美好的事物，正好把我们打动

新鲜的人类

花开或者凋零，发芽或者叶落
对于她来说并没有什么不同

毕竟，她还没有找到那些
惯性而苍老的象征，来表达情绪

她所拥有的禀赋
只是无差别地喜欢

是的，她对妈妈的爱
并不比对陌生人更多一些
比起爱一个具体的人，她更爱
和她一样新鲜而明亮的世界

一个两岁孩子的爱
干净而坚定
带着毛茸茸湿漉漉的香气
像电影开场或结尾时镜头的景深

快乐的小孩

下雨天，不能出门
她总是贴着比她更高的栏杆
看雨水如何从天空来
到地上去。如此简单的事物
却可以让她毫不费力地专注好长时间

她问我流浪猫在雨天的去处
问我花坛里刚开的栀子花怎么办
雨下得更大了，她还在追问
在小区门口摆摊的老人去了哪里

我很想告诉她
这世界不是所有的脆弱
我们都能照顾，为了更快乐
可以节制一些不必要的关心

最后我还是没说出口，给她编了
她喜欢的童话，故事里
有流浪猫、栀子花和老人的重逢

她安静地听我讲述着，满眼是光

再大的雷声和暴雨也不能惊扰

她小小的宇宙

自画像

她坐着，类似于寂寞的静止
这让我想到了窗外的云
云下的树，树上翠绿生涩的果子
所投下的阴影

是的，她还需要时间
甚至比夏季更漫长的光阴
拿来生长，拿来积蓄
生命本身所需要的甜蜜

她未开口说话时，月亮在动
星光以水的形态，在靠近
蛙声和鹧鸪驱赶着六月聚拢
无数的美好都围着她发生

但对于此刻的所有
她都浑然不觉
依旧盘腿坐着
想着这幅自画像的出处

李 子

它一定走了很远的路
才能积蓄这么多清甜
并一次性全都给我

我喜欢吃李子
那些绿的、黄的、红的李子
都承载着果树对世界努力的温柔

那么小小的一颗，除非快要坏了
它从来都不把自己的味道显露出来
只是暗自甜蜜

那些四川、重庆、云南出走的孩子们啊
这一生，都无法断绝与李子的纠缠

李子深谙此事，于是
每一口，它都在尽量模拟故乡的出处

小　邹

穷困的时代，我们曾一起
分过半截烤红薯。抱着对方的脚入睡
互联网技术匮乏的年纪，我给你写了
好多的信

那时候的友情，真的比爱情更坚贞
重庆冬天，我们无数次在湿冷的街道
断断续续地说着温暖的话

高考后，我们都选择了南方城市
城市与城市之间，隔着四分之一个祖国

微信崛起时，我们已经分别两年了
默契地，变成了朋友圈的点赞关系

八年来，你给我发了两次消息
一次是结婚，一次是怀孕
都算是人生大事

你给我拍下那逐渐隆起的腹部

倍感安慰的是，离开我之后

无数的甜蜜，正围着你发生

善 意

她可以忍住，等哥哥星期五回来
才一起拆周二买的饼干

每周五她都会给奶奶带回幼儿园中午
给小朋友发的蛋糕，那在夏天
被捂得都已经变形的蛋糕

她会用心地记得出门多带点零食
喂一下小区的流浪猫，等到冬天了
她还会送去她过往的小棉袄

听到童话故事里饿死了的懒惰小猪
她也会哭，她一直信任那些小花小草说话的故事里
必然存在和她一样干净弱小的生命

理解世界，她怀着
小小年纪才有的小小慈悲
多希望，多年以后
世界也能够对她，饱含相同的善意

晚　间

后来，在城市里
我很少在晚间抬头

那是在乡下从来不会有的事情
被月光喂养长大的孩子，必然有
仰望的本能

你知道的，城市的夜晚，也会很亮
高于头顶的闪耀，让草木
也跟着一同发光。足够淹没
本可以属于孩子的，小小的孤独

偶尔，我依旧会想起遥远的乡下
那种明亮是寂静的，也是寂寞的

但值得怀念的是，星星满天的夜晚
应该，不再会有迷路的人

眼　睛

当她望向我的时候
似乎给时间施以了微薄的重力

世界在她眼睛里，被静止，被摇晃
被映照出无数的可爱的形状

她看落叶，便追问那河流般的纹理
说起，秋天是海，收留了落叶上无尽的水流
看见初开的玫瑰，她从不带一点隐喻或象征
描述花朵，却需要借助小手被刀口伤到的红

她也善于跟我讲起，途经的事物
是如何装满她未知的眼睛

是的，五岁了，她看万物
都带着命运赋予她的闪烁

理发师

盖过手臂和颈部的文身
杀马特的发型
红绿搭配的着装让他看上去
很撞眼，你很难想象
这是一个年近五十的男人

给我洗头时，他哼着歌
断断续续跟我聊起他十六岁的儿子
比他听话，也更帅气。儿子还有一个
他不曾拥有的、善良温和的母亲

孩子的忧伤是诗意的

如果足够幸运
她必然会做一颗草莓，有好看的模样
和怎么闻也闻不够的味道
并且可以被所有人喜欢

如果一般幸运
她说她会选择做一株栀子
早春穿绿裙子，暮春穿白裙子
不用多努力也可以香得让妈妈喜欢

但是很遗憾，她做了一个孩子
一个心怀宇宙的女孩子，她觉得隔壁小孩说
世界上有怪兽和奥特曼——是愚蠢的

在她看来，世界上只有白雪公主和灰姑娘
只是让她无比难受的是，公主们
都必须历经劫难才能过上幸福的生活

我没敢告诉她，世界上也没有公主
但幸运的是，这世上还有草莓和栀子花

快乐与深情

久别重逢，不管我是否手提礼物
她都会死死地抱住我
像抱住一只失散多年的玩具熊

关于分享，她仿佛也很擅长
偶尔，会从小兜兜里给我掏出
早上或者昨天，她攒下的糖果和药片

隔着手机屏幕
她执意要给我亲吻和拥抱
那是一个三岁孩子才能有的天赋
是成年人学不会的快乐与深情

不可避免的，我很羡慕她
无论是面对新鲜还是陈旧的事物
她总是能够保持干净的喜悦

小小的悲伤

可以让她开心的事情很多
一颗玉米味糖果，可以选择喜欢的小路
邻居家小朋友放风筝带她一起
晚安故事里
王子和公主最后过上了幸福的生活

成年人早已习以为常的事物
都值得她一再喜悦
同样的事情多次出现时
也值得她反复开心

偶尔，她也哭泣，为一颗糖果的掉落
或者摔下楼梯磕破了皮，甚至可能因为
八点钟必须上床睡觉

孩子多么容易受伤啊
这时候，她也会用眼泪表达委屈与抗争
往往亲亲抱抱摸摸头，或者
一个不着边际的许诺就能哄好
不久，便能听到她咯咯地笑

这是让我羡慕的能力

——孩子的快乐总是很长久

而悲伤，是如此短暂

回到祖父的途径

学着祖父，我们也在阳台上种植
把水稻、小麦换成了
洋姜、大蒜，还有小西瓜

农耕文明遗留的惯性，所有的植物里
我们对食物，爱得尤为真切

它们从身体里，虔诚地掏出各自的苗苗
是多么幼小、脆弱。但足以招惹路过的鸟雀

出于保护，我们组装了塑料风车，有风时
整个阳台都有了动态的表达

鸟儿们依旧偶尔试探
这也让我足够欢喜
它们的勇敢给了我
回到祖父的途径

打开自己的可能

她总有问不完的为什么
为什么天黑了就必须要睡觉
为什么路灯可以不怕冷
为什么奶奶会老去，而妈妈不会

她会认真地关心人类，关心昆虫
关心深夜还未归家的鸟群

路过的花花草草都值得被她深爱
这样的喜欢，与爱爸爸妈妈并不存在
本质上的差别

晴天出门时
她会开心地跟她一样新鲜的太阳打招呼
阴天则换成了白云
雨天的她是最快乐的
蹦蹦跳跳地挨个儿去踩水坑

世界于她而言
有无数种打开的方式和途径

幸运的是，借助她的眼睛，我们有了
打开自己的可能

冬事将近

这一生，有关幸福的诸多要义
都事关冬天

比如，阳光很好
比如醒来时阳光正好
比如寒潮来临前后，阳光都刚刚好

阳光下，被子被晒出只有深秋才有的
暖熟的味道，白桦树的枝丫朝你
抖落冬日过剩的暖意，你眼里装满了
湖面追风时，粼粼的光

远行的船只走了，故人还没有
冬天不是一个适宜分别的日子
只适合大病初愈后点灯温酒，开锅煮
祖母熏烤的火腿和腊肠

回家的路

一年四季，会有不同的鸟儿
在这棵树的枝头迎风歌唱
我不确定，是否唱的是同一首曲子
可以肯定的是，它们的曲调都张扬且勇敢

春夏秋冬，我都在相同的时刻路过
都是在上班或者下班的路上

我几乎不会注意到一条路的模样
即使必须途经它，才能去到其他地方

唯一一次，我踩碎了它身上初冬的落叶
它也疼出了声响
我们在疼痛时相互辨认
时长却不超过冬天的某个早上

不可否认的是，我们在日子里获得相似的磨损
不同的是，日渐老旧的马路上依旧还可以
在来年春天从体内抽出
我无法生长的新芽

花　束

时间给予它气味、色泽、轮廓
也给予它脆弱与疲惫

它的花期很短
但也长过了我们的一日三餐

是的，人类需要花朵的隐喻
为生活辩解
却从来没有理会
是否需要为一朵花的死亡买单

此刻，它依旧在桌上站着
依旧保持盛放的姿态

因为美好而被采摘，修剪，售卖
显然，它接受了，并不吃力地
摆出好看的形态

放 羊

它低头吃草的样子，真好看
像极了纳西索斯临水照影

圆滚滚的肚子呀，像是装满了知识
似乎只要你伸手戳一戳
就会泄漏出来

偶尔，它会望一望我
像是一种炫耀，也像是一种邀请
见我不理它，又低头进食

风时常过来，摇摇它的胡须、我的裙摆
让我们在四月里有了相似性

身后的青草，继续追着它疯长
似乎必须在这个下午复刻一整个春天

干净的获得

以老屋为中心
母亲圈了四个山头来养羊
以保证它们在深冬
也能吃上肥美的草

重庆的冬天藏绿
只要你愿意，走过弯弯绕绕纤瘦的田埂
翻过层层叠叠高高的山坡
总会找到比春天更葱郁的表达

那是羊群的快乐
更是母亲的

回乡后，母亲很少向我索取关注
那些我和弟弟不曾做到的陪伴，她都从
家畜身上领受，必须承认的是
那是一种更干净的获得

今天又是大雾
大雾过后是更大的太阳
此刻，母亲又顶着温柔的日光

驱赶羊群去更远处觅食,她眼里装着

群山、河流、村庄

和她无须讨要的丰沛的暮年

辑三　身披水雾的人

陪祖母散步

她依旧琐碎、唠叨，对新鲜事物
怀有传统的偏见。但她喜欢听我聊天
像我小时候望着她一样望着我

她对世界的好奇如同小孩子般诚挚
让我误以为——老去
只是一个人不小心又回到了童年

就这样，我搀扶着她慢慢走着
把一条路走成了一条河
我们悬挂着各自的帆

但这并不影响我们一起前行
并不影响身后的桃花
开满了两岸

献给周日

当阳光一寸寸覆盖榻榻米的时候
我还在阳台晾衣服，狗躺在脚边打盹儿

洒水车哼着《兰花草》路过每天的必经之路
头顶的树影边界清晰，递出阴凉的部分

卖河南老面馒头的小车正好出摊儿
吆喝声盖住了树梢上的蝉鸣

水果蔬菜都骄傲地新鲜着，摆在马路两边
那是刚离开土地才能有的样子

周日必将隶属于一些琐碎
那些隐没于日常的事物，成为照耀生活的本身

漏　光

房间当西晒，每天下午四点五十
都有一束阳光，按时漏进来

依次爬过榻榻米、书桌、玩具熊
稳稳地落在床头，那种缓慢
如同翻山越岭一般

被它吻过的物件
都一一递出温暖与弧光，看上去
像是被人温柔地爱了一遍

偶尔闲居在家
我也将成为它抚摸的事物
多好，不用努力，暗淡的生命
就这样获得了色彩

唯一遗憾的是
它滞留的时间太短了
还好，离开后不久的晚间
月光也漏了进来

搬　家

从重庆搬至长沙，后来又到武汉
从武汉的洪山区搬到蔡甸区
辗转至江岸，后来又去了汉阳

我也不知疲惫地来回搬运自己
像搬运一件货物
不可避免地，有一些碰撞和磨损

幸运的是，日光和月光尾随而至
交替来到我的客厅
抱住沙发、桌子、水杯
也抱住了我

迎着光，沙发、桌子、水杯和我
都获得了短暂修复的能力

偶尔也释然，搬家只不过是
换个途径和一些光重逢

枯死的李子树

它是如此瘦弱、干枯、疲惫
用尽了力气，也没能加入后来的春天

门前的李子树枯死在四月
时值清明，我们总是
用不同的死亡来练习告别
练习在春天里，如何泄露小小的忧伤

让人倍感安慰的是
李子树是坐在妈妈身旁死去的
风知道这些，泥土也知道

春天继续深入，而李子树的妈妈——
还在为满树的花朵
和未来的果子而持续努力

爷 爷

我们面对面坐着
你抽着叶子烟，喝着菊花茶
跟我讲两兄弟卖牛的故事

啃着两毛钱一根的冰糕
我时不时地仰着头，接过话茬儿
补充你遗漏的细节

头上，有漫天晚霞、云朵
以及偶尔闪过的鸟影
屋里，奶奶吆喝着叫我们吃饭
你慵懒地应上一声
接着又给我讲还没讲完的故事

爷爷，你不知道的是
这是我自己胡乱编造的场面
你走以后，类似的场景
以虚构的形式在真实地反复地发生

真的，爷爷，我还能感受到，我们身后
夏天的风，带着北纬三十度的惯性

很闷，很湿，远远地，在摇一棵桉树
近了，也摇一摇我们

我的妈妈

不在城里工作之后，她回到乡下开始养羊
做另一群生命的母亲

给羊捉蜱虫，给患病窜稀的羊洗屁股
赶它们去最远的山上吃最青的草
也像小时候对我和弟弟一样
讲故事给它们听

她说，人老了，寂寞了
对待生命才有了真正的平等性

说这话的时候，她眼里有光
那是在城里打工时从来不存在的眼神

我想，多数人应该会羡慕
她有一个充实而美好的暮年

直到当一只小羊夭折后，她代替母羊流下了
只属于母亲的眼泪

黄土地

黄土地如此让人信任
你给它足够的时间，便可以
交换各式各样的果实

无数的白昼，无数的夜晚
它都在背着你孕育甜蜜
在那些不见天日的暗地里
花生拥挤，红薯茂盛

祖父种植土地，土地种植了我
听从祖父的遗愿，我要去很远的地方

也遵从祖父的嘱托，一路上
脚踩泥泞，身披星星

送父亲回重庆

把父亲送到火车站时，时间尚早
父亲提出在站外再聊聊天
出乎他意料的是，我拒绝了
微信都能说的事情
何必在火车发车前耽搁时间
是的，我看到了父亲脸上的失落

"抱一下吧！"分别时，我对父亲说
显然，对于过度浓烈的情感
父亲都没有对应的表达方式，他笨拙地
张开双臂，再没了小时候的自信和自然

他叮嘱我："小两口要过好自己的小日子，
家里有事，有爸爸担着。"
这是他对我婚姻的首次祝福，更像是一次郑重交接
让一次普通的分别，拥有了人生的况味

我示意父亲赶紧进站，目送他离开
就像多年以前，只不过站内站外角色互换
只有那只硕大脏旧的行李箱跟着他
穿过人海，继续走很远的路

疲倦气息

我曾多次和它撞见
在地铁口，在火车站
在星期三的晚间会议上
在夫妻吵架的案桌前

它是如此微弱、绵软
断断续续地
嵌套在人与人之间

曾借助它窥见生活偶尔的残忍
却难以接受，或许它才是
日子最真实的切面

幸运的是，我很难在老人身上嗅到
它的味道。或许是年岁
让他们最终得以和解
更或许，是疲倦到底还是会输给时间

流浪狗

它一定独自走了很远的路
才能给我这样一张风尘仆仆的脸

白天，它大多时候都躲在草丛里
直到傍晚才出来翻垃圾桶找点吃的

它应该被人打过，尾巴断过一截
始终高悬着一条腿，用三条腿走路

目光，总是在躲避着什么
给它送的狗粮总是需要等人离开后
才会进食，吃得狼吞虎咽
多次呛到了自己

后来，很久都没再看到它，再见时
它后面跟着两只狗崽子
从毛色看，应该是它的孩子

小区仍然时不时在围捕流浪狗
它身上新增的伤口就是很好的证明

但伤痛与抛弃

从始至终都不能阻止它

——成为母亲

母　亲

她给了我倔强、偏执、强势
和一张棱角分明的脸

也给了我善良、脆弱、敏感
和间歇性的勇气与希望

可其中，大多都不是我所想要的
母亲的给予，不是习得
而是河流自上而下
无须附着的回旋与闪耀

是的，她给了我从不解释的河流的命运
给了我那些险滩、急流，给了我
水与石的愤怒和陡峭，以及
山脉的起伏和平原的沉默

放 羊

它低头吃草的样子
像极了一首还没来得及结尾的律诗
不用有任何情感的收束
每一个句子拎出来
都是对这片土地带有韵脚的献词

妈妈说，去年冬天它生了一场大病
要是挺不过去就打算杀了卖肉
乡村对生命价值的评定
常常和金钱挂钩

这个我能够理解，正是因为这样
这一刻，才变得让人感动

此时，它依旧在低头吃草，用心地吃草
不曾理会背后的远山托举着白云
不曾理会白云以下，微风路过它的头顶
轻轻地晃动它身旁的植被
和身后的群山

生　菜

它是如此新鲜、脆弱
拥有晨露般丰沛的情感

不管是靠近蚝油、清水还是大蒜
它都能够找到很好的秩序，嵌套自己

不妨做一棵生菜
一身挂满翠绿的情绪

在晌午或者傍晚
某个孩子叫嚷着要吃汉堡
必然是一个母亲的手穿过它们的身体
也必然会碎出好听的声音

身披水雾的人

后来啊，挑剔的嘴巴
终于适应了他乡的饭菜
却偏执地把土豆称作洋芋
馄饨叫作抄手
万事万物都拿来煮火锅

我该如何给身边人解释
可以借助一段乡音回到故土
那一口西南官话絮絮叨叨讲的是
被土地反向选择的命运

你信不，从重庆出走后，我总是
借雾气识得故人。你知道的
一个失去山城的孩子
注定不会放弃——身披河流

母亲回乡养殖

不可否认的是，面对鸡鸭牛羊
比起在我和弟弟面前
她更像母亲

她从不认为
这些家畜家禽是她晚年的困顿
相较于在城里打工挣钱
她更乐意掏空自己，养育另一些生命

"郑黄毛、廖酒馆、彭二娃、高家才、寡母子
大白妈、小云门、大云门、李丫头、邓外婆……"
每一只牲口都有它们各自的名字
讲述着不同的出生与命运

跟我讲起每一只鸡鸭、每一头牛羊
母亲都兴致勃勃，絮絮叨叨，总有说不完的话
这样的时刻，我几乎很难打断她
任由母亲鸡零狗碎地讲述着，没完没了

直到屠刀伸向它们的脖颈

母亲才红着眼拉着我
背过身去

鸭　群

它们怎么可以有这么好看的羽毛
蓬松，柔软，迎风闪烁，自带弧光
难怪走路时总是大摇大摆
那是藏也藏不住的骄傲

临水自照，它们也被自己给美到了
日复一日不厌其烦地要去小池塘
小脚划呀划，小风吹呀吹，看水纹
一点点碎成了鸭群的模样

岸上，祖母背着猪草，牵着年幼的我走过
一字一句教我哼唱："鸭子乖乖，走路拐拐
没得妈妈，晓得回来……"

鸭群在远处，"嘎嘎——嘎嘎——"回应着
断断续续，打着节拍

追月亮

月亮牵着云朵，牵着星星
牵着好多人的心事

它照回家的路
也照远行的人
照万物的热闹与寂寥

我出生时，有月亮
祖父离开时也有，月亮不问出处
抱着人间的大喜大悲

小时候，一直追着月亮走
却永远跑不到月亮的前头

后来一个人独自往前走
月亮也默默地跟在身后

再后来，教我童谣的祖母也没了
留我一个人在唱
"月亮走，我也走
月亮陪我到家门口"

宰　羊

母羊得了绝症之后，在病死之前
逃不开被屠杀的命运

三只小羊羔才一个多月
还不曾独立地吃过青草，还不曾独自去过
对面的山坡。但母羊的死，是不可避免的
不管是以怎样的方式

杀羊的那个清晨，祖父把小羊
关进了另外的羊圈
无论是呵斥还是安抚，都无济于事
小羊们都"咩咩"地叫个不停

当然，它们还不理解什么是离别
更不理解屠刀与死亡

只不过，隔着重庆的漫天大雾
它们能够嗅到血腥
那血腥里
弥散着母亲的气味

午 夜

有微光在试探，带着羞涩与胆怯
如此幸运地，撞见了那个失眠的人

我在夜色的浩大里辨别
布谷、麻雀、蛙声的出处
在无边的黑暗里寻找同样失眠的他者
让某种冷清看上去也可以热气腾腾

如此幸运的是
一个世界安睡的同时
另一个世界热闹地醒着
自顾自地醒着

河流醒着，群山醒着
植被和游鱼都醒着
是的，是它们递出无数的
快乐的影子才构建了夜晚的黑
来呼应寂寞的月亮和漫天的星辰

清　晨

一定有什么在向我靠近
那细小的、隐秘的痕迹
借着微光小心翼翼地聚拢
或是，密谋一场起义

天，是突然亮起来的
那是脆弱的白，浩荡的白
像是初中时，与同桌喑恋的情绪

但我必须承认的是
清晨里，所有的物象都是寂寞的
如同采摘一个年幼的橘子

冬 天

冬天太难熬了，需要一些
温柔来安慰人间的事物
比如雪花，比如草莓

或认真地白，或认真地红
一种单向的认真
是如此容易悦人悦己
毫不费力，就能让很多人开心

遗憾的是，我们都是雪里的事物
却不一定，都能生长成草莓
即使从始至终专注于内心的清甜
却不能拥有芬芳而鲜艳的表达方式

吊 椅

阳光落在它身上
像是一种寂寞被照耀

多么不幸，它在所有的人群中
把我选中。被购买的时刻
便注定了被闲置的命运

所幸的是，我从来不以功用
衡量一种事物。因此，大多时候它被拿来
悬挂衣物，承装玩偶，甚至和狗狗
捉迷藏，这些都是很好的

偶尔，我也会想起它
坐进它体内，可以让我本已失重的肉身
找到可附着之物，像是一种孤独
陪着另一种孤独

小羊羔

一出生，它就能凭借自己的力量站起来
四脚触地，仰着骄傲的小脖子
发出稚嫩的声响

十多天后就能跟着母亲外出觅食
走很远的路，依旧不会影响它
一直都是欢快的样子

看什么都目光干净，临水照影
会好奇水里和它一样洁白的小东西

它比我们热爱土地、水流、草丛
见到任何事物都表露出本真的喜欢

蹭蹭水竹，蹭蹭桉树，蹭蹭牧羊人的大手
是的，它永远不会想到
那些树木终有一天，都会变成羊肉串的签子
通过那双大手它被递上无数的餐桌

麻　鸭

生前，它们一定成群结队
唱快乐的歌，一起去门前的大池塘

那里有浮萍、水葫芦，还有和它们一样
快乐的小鱼虾

麻鸭从始至终不知道死为何物
也不理解魔芋烧鸭或者泡萝卜老鸭汤
它们的快乐来自秋风，来自夕阳
来自田埂上开满的野花

麻鸭关于生活本身的记忆
是身后小孩和它一起摇摇摆摆
灶屋里，祖母哼着童谣烧火做饭
堂屋外，祖父正扛着锄头回家

即使此刻它已经被大卸八块
但仍不会影响
它曾经是一只蹦蹦跳跳快乐的小麻鸭

粽子的香味

它怎么可以这么好闻
拥有这样的味道
到底应该需要怎样的天分

不是芦苇叶、糯米、腊肉或红枣简单的拼接
而是生来如此,凭借自身的味道便可以
把老人、妇女、小孩一起俘虏
成为节日必要的话题和情绪

众多口味的粽子里,我独爱清水粽
源自记忆,源自童年
源自记忆里童年的清贫

多年以后我仍然能够借助粽子的味道
回到那里,那是一个普通的早上

祖父清晨登山采叶,同时带回艾草和菖蒲
祖母背着我发米,泡叶,哼童谣
从始至终,都佝偻着她粽子般的腰身

辑四　拟物

栀　子

因为太过好闻
才被采摘和售卖

先生把它别在我的马尾上
一整天都有浅浅的香

必须承认的是，这是
一种生命对另一种生命的索取
但栀子花不知道

枯萎的花朵，就应该被丢掉
这是已经被允许的抛弃

必须承认的是，这是
一种生命对另一种生命的残忍
但栀子花不知道

此刻，房间里还有它寂寥的香味
这里，是它曾爱过的人间

那条路

那条路，杂草已经及腰深。在乡下
只有庄稼才能长出这样的高度
这高度里还必须藏着庄稼人
一整年的疲惫与热忱

可一条路就这样荒废出鸟鸣
尤其是清晨或黄昏的时候
鸟群和昆虫排着队歌唱
唱得湖水又涨了几分

我也是在这个时候路过
一双脚，如此轻易地就踏进了
成群的生命

在它们递出鸟叫与虫鸣以后
总觉得应该回应点什么
于是不自觉地哼起了陶渊明的唱词
"……晨兴理荒秽，
带月荷锄归……"

茉　莉

从马路边带回一盆茉莉花
带回了夏天不小心泄露的马脚

它真安静，从早到晚都自己待着
有阳光的时候，就抱着影子
寂寞地生长

我在晚上也来看过它
星星沉睡的时候，它也独自醒着
花枝瘦弱，叶子闪烁
花朵迎风，撑开小小的香

苦　瓜

似乎，它从来不懂取悦为何物
迎光，向阳，乘风，生长
一整个春天它都独自在藤蔓上
坚持苦闷，坚持丑陋

小时候祖母哄我吃我讨厌的苦瓜
说是清热解毒，其实当代医学里
并没有这个药理逻辑

只不过吃了一辈子苦的人
需要在很多时候
给到自己某些无用的安慰

而今，我依旧买了苦瓜
学着像祖母一样做菜
让我诧异的是
当剖开清脆的瓜身时
苦瓜也流下了绿色的眼泪

孩子的眼睛

它倒映过万物，仿佛万物通过它
才照见自己真身

凶猛的事物在她眼里，都有可爱的棱角
寂寞在她眼里，也获得了孤独的回声

她看万物是喜悦的
万物看她也是
喜悦干净而恒定
从不需要坚持与耐心

偶尔，她也有疲惫的时刻
但仍然不影响她眼里的好奇

如果神明有俗世的轮廓，想必
恰是孩子那浑圆明亮的眼睛

杨梅熟了

它是从树顶开始熟的
然后，一点点紫下来

像是一颗接着一颗在悄悄传话
该熟啦，已经五月啦
如同叫醒一个沉睡的小孩

杨梅倔强
以味道，以色泽

五月以来，它都专心地酸
用心地紫，你知道的
只有遇见快乐的人
它才愿意甜起来

叫不出名字的果子

我们是在散步时遇见它的
它是如此骄傲地高悬在枝头
见证着花朵之间
隐秘的爱

我踮着脚摘下一颗，用力捏碎了
狠狠地嗅它青涩的味道

这是树枝和泥土交换的气息
是爱情在枝头的一种形态

如此透亮的夜晚
月光穿过层云，穿过叶子
抱住了它，也抱住了我
它在我指尖的味道，也越发明朗

亲爱的果子啊，你是如此幼小
还不足以独自面临这突如其来的风暴

脆苹果

它在北纬六十度
努力积蓄了一年的甜蜜
一次性为我打开

当我狠狠咬下一大口时
不知是疼痛，还是喜悦
它发出了沙沙的声响

在此之前，它被一只蜜蜂爱过
被雨水和微风亲吻
被一个早已迟暮的老人摘下
然后，颠簸摇晃着路过了半个中国

一路上它应该是快乐的
毕竟，只有快乐的事物才能拥有
毫无保留的清甜

柠檬水

一颗柠檬，要对世界怀有多么
羞涩的爱意，才能给你我
酸得发香的味觉

那种香味，猛烈、直接、干净
怀揣小小的战栗

小区旁边的甜品店，柠檬水
四块钱一杯，三分糖，不去冰
装在塑料杯子里
被一个姑娘握在手心
才是对夏天，深入的理解

路边的文具店

它就这样寂寞地坐在那里
散发着只有老人才会有的气味
那气味不是嗅觉，是视觉

那可是幼年里我无数次
去到的文具店呀，装着我小小的虚荣
和稚嫩的胆怯，一次次放下那支
价值五块钱的自动铅笔

是的，我不会再去文具店了
哪怕是以怀旧的方式

必须承认的是
成年后，终于可以买下喜欢的小裙子
只有我知道，再也转不出好看的花伞

断尾小狗

尾巴从三分之一处断裂
伤口早已经结痂，但疼痛依旧提醒着
它曾经遭受过的苦难，它的靠近
带着些许防备与胆怯

我们在回家的路上遇见了它
它试图取悦每一个遇见的人
一只小土狗的取悦并不足以让城里人
驻足与惊喜，但它也并不为此感到难过
继续带着幼小的喜悦，奔向下一个路过的人

从形体上目测，它估计刚满月
却始终不见它的母亲。兄弟姐妹也已经失散
接下来它需要学着自己长大
去迎接命运早已为它准备好的残忍

它似乎并不了解这些
当它奔向我们的时候，高高举着它的断尾
使劲儿摇曳着，让小尾巴看起来
也有快乐的弧度

落地窗

承接日光以后，它也收留月光
收留那些漫无止境的白
以便描述无边黑暗时，它能够
掏出足够多的修辞

深夜，灯火映射在它的身体里
有着温柔的光晕，落地窗内的人已经安睡
只有白桦树在窗外，不分昼夜地摇晃
送别南归的鸟群

时间残忍，从不对美好怀有恻隐之心
还好有那些类似于落地窗一般
安静而隐秘的事物
在清晨来临之前，在身体里挂满美丽的露珠

一条废弃的路

没有谁再穿过它的身体
它终于回到了泥泞的静寂与寂寞
废弃的时间还不够久
还没来得及长杂草和灌木

当一条路失去了人流和车流
它是否失去了一条路本身的属性
失去它的躯体与名字
也失去了疲惫与自由

是的，它不再被称作一条路
哪怕月光再次惠临
哪怕迁徙的候鸟和蚁群
一次次路过

拿　铁

拿铁是我们收养的流浪狗
和我们一样胆小、怯懦，从不近人

更不懂撒娇与取悦，大多时候都自己待在
狗窝里，低下小小的头颅和眼睛

未被允许，它从不会主动捡食地上的食物
更不会索要我们碗里的东西

它的渴望是沉默的，孤独也是
就连和其他狗打架受伤后
疼痛都是沉默的

毕竟，对拿铁而言
一个反复被抛弃的生命
沉默是安全，更是一种本分

冰糖橘

它那么小，又那么甜
被小小的人儿握在小小的手里
像握住一颗小小的太阳
温暖又甜蜜

它几乎拥有
我对美好的事物的所有理解与想象
野蛮的颜色，灿烂的味道
恰到好处的大小和重量

必然是一个慈悲的老人种植它
它才能获得清甜的禀赋
在冬天，安慰一年来受苦的人

是的，你永远可以
跟一颗冰糖橘索要太阳
不管是吃进孩子还是老人嘴里的橘瓣
都是关于幸福的照耀

枯 萎

一朵花的死亡，选择以枯萎的方式
那么，一个人的枯萎，是否
反向意味着死亡

说起枯萎，我想起了我的母亲
不在城里打工以后，她选择回乡下养羊
在养活我和弟弟之后
继续去养育另一些生命

她不再护肤，也收起了连衣裙
跟我打电话反复聊起的都只是
母羊又生了什么病
小羊羔又长了几斤

夏天太热的时候
她都是在羊圈旁打地铺
和羊群共用一个风扇一饼蚊香
像照顾临终的亲人

我很难理解她的生活方式

像是不能理解一种

巨大的孤独

泡椒凤爪

啃泡椒凤爪的时候，很少
和一只鸡的命运联想到一起
好像它生来
就必然面对死亡
面对肢体的拆解与分离

也是偶尔困惑
这只脚走过哪些路呀？
是否和我一样
曾经也有一片葱郁的竹林
竹林外有水塘
水塘往上是高高的山坡
山坡上种满了桃树，一到初夏
都是漫山遍野的香

是的，这是我的童年
到目前为止看来
它作为一只鸡的童年
也如此必要

火龙果

水果分两种
一种甜在中心，一种甜在周围
不管哪种，都是果树借果实
递给人间的献词

火龙果隶属于前者
揣着一份甜蜜，铆足了劲儿
向四周突围，直到足够成熟
成熟到衰老的样子

我所能理解的足够老，是祖父
临终时的模样，那是他食道癌晚期
是消瘦、疲惫、苦痛后的无能为力
让我对时间和疾病，充满了畏惧

而一颗水果老去，直到它坏掉时
都满怀甜蜜，果树从未理会这些
第二年，它依旧会沿着过往的路径
给到人间，由内而外的清甜

猕猴桃

它的香，很内向
是一种低调而生的认真

在角落里，默默地香着
香完之后也是默默地坏掉

当然，它是很好看的
最美的，当属横切面。只有
挺进刀口的眩晕
才能分割出来太阳迷你的
分身，喂饱五岁孩子
焦灼等待的眼睛

那蓄满全身的甜
也不知道是来自枝头，还是地头

不可回避的
它也有小小的贪婪
是呀，一个春天，怎么待
也是待不够的

于是，它把叶子的绿
藏进了果肉

柚　子

吃柚子，就很"冬天"
先抽刀划开纹路。那一双剥柚子的手
如果可以，请务必是女性的

祖母的手，母亲的手，妻子的手
都可以。只有她们的手
才可以划开冬日本身的甜蜜

柚子的皮一定要很薄，方便生长的时候
阳光透得进去。果肉是红瓤或是白瓤都可以
最重要的是汁水饱满，粒粒分明

最好是临窗而坐
晌午抑或傍晚都行
方便柚子的香弥散开去
和窗外炊烟、门外狗吠
拼接成冬天该有的样子

菊花茶

每一口，它都在尝试模拟
秋天的出处，从色泽，从温度，从气味

是如此单薄、微弱，用尽全力
都逃不出一个人的掌心

是的，不分季节
不分晨昏，我都爱喝菊花茶

冲泡的每一刻，玻璃杯外
是目光重叠目光、口齿咬合的残忍
那过程，像极了被围猎的女性

菊花从不管这些，自顾自地
在沸水里旋转，伸展，膨胀
一点点撑开它早已枯萎的肉身

野花开在路旁

如果花朵的目的是美丽
我想，它必然是失败且孤独的

那么瘦弱、小小的一枝
在拥挤的荒芜里寻找自己的位置
连香味都那么薄弱
无法吸引蜜蜂与蝴蝶

它太小了
小到昆虫都不选择它作为栖息地
小到采摘野花的小朋友
都不曾为它多停留一个眼神

唯有风暴来临时，它才真正
感受到了自己的存在
毫无遮挡地理解了
风雨与命运的垂直关系

戒　指

右手无名指的婚戒戴久了
历经好多剐蹭
满是来自生活本身的磨损

听说，戒指——
只是婚姻作为契约的凭证

就这样小小的一枚指环
光芒，比月光还瘦
凭什么能借助它守住一段关系
但这并不能阻止我们，对婚戒持续信任

对吧？我们总是喜欢给自己设置圈套
何止戒指，还有项链、领带、手镯

它们各自闪耀，各自美丽
可仍然逃不过，圈套的本质

西瓜还未成年

它以自身模拟胖胖的拳头的形状
泡泡的形状，脑袋的形状，地球的形状

是的，没有经过任何犹豫
它放弃了，成为尖锐的可能

流畅的弧度迎着光
往外，不断地往外探
也算得上是软硬的碰撞与对质
看上去，却让人满怀希望

整个夏天，它都在用心地长大
并没有见过大海，却收留了无数的水纹
以至于，让自己成熟后的每一口甜蜜
都充满关于远方的想象

雨　水

落在老式的屋瓦上
落在霉变的栅栏旁
落在头顶，落在手心
不管去往哪里
它都有着，克制的声响

然后，它下成了山坡的模样、竹林的模样
村庄的模样。祖母喜雨，说这是土地的养分
弟弟也爱，毕竟可以踩水坑里的倒影

我想，它一定走了很远的路
落下来的时候，疲惫大多都有迹可循

可它仍然不遗余力，安慰着
在雨季里需要被安慰的人

肿　瘤

在背上脂肪瘤超过拳头大小后
它还在用心地长，努力地长

可笑的是，一个肿瘤都比我
拥有更多生长的韧劲与耐心

出于敬畏，我还是请假做了手术
割下来后缝合了近十厘米的伤口
于是，开始了漫长的恢复期

历经肿胀、结痂、发痒后
它慢慢蜕变成一条突兀丑陋的白虫
趴在我的背上

以一生为时限提醒我
生命必要的疼痛与缺口

鸟　叫

听过最干净的鸟叫还是在乡下
在幼年，在一些无所事事的年纪

那时候，鸟叫是有颜色的
春天嫩黄，夏天橙红，一到秋天
便是深入高处的蓝

鸟叫也不分时候
读书，爬山，摘桃，搬螃蟹
随时随地它都追着我们
一样地若即若离，一样地深入人心

而如今也偶尔听到鸟叫
由远及近，大多时候是由近及远
像是一种试探
更像是一种告别

饮水机

从它身体里,我偶尔
置换出乌龙茶、咖啡、感冒冲剂
最多的,应该还是白开水
作为交换,我总是两天换一桶

我太爱喝水了,但仍然无法使我关注到
饮水之外的事物,以至于
它总是以烧水的声音不断提醒我它的存在
到今天,它甚至还尝试以瘫痪威胁

我想,我应该可以理解它
毕竟我们都异质同构——

都拥有半身活水的身体
却不一定拥有河流
更没有,海的去处

西 瓜

夏至，听上去
就让人倍感美好、倍感喜悦的词语
通过无数种途径，得以抵达——

冰激凌、太阳伞，或者小花裙子
水蜜桃、青脆李，还有硕大的西瓜

它们，让夏天充满闪烁而清甜的味道
值得八十岁的老祖母一再感动
想起她曾经的种瓜母亲

她说："母亲最爱大西瓜！"
那些沉默而甜蜜的大西瓜，一辈子都
生长在黄褐色赤贫的土地上
却能拥有丰沛的汁水和表情

多像是，无数的母亲
一生都在，借葱郁清脆的躯体
无数次地掏出，鲜红的内心

植物美丽

它们站在我们对面、右边，以及身后
拥有比我好听太多的名字

梧桐、香樟、银杏、雪松、白桦
多想问一下，要具有怎样的才情
才能配得上这么漂亮的姓名

我和它们应该认识很久了
上下班途中，它们一次又一次把我等待
在不同的季节，带着各自不同的情绪

晴天，它们也是晴朗的样子
有风时，追风摇曳
即使下雨，只是偶尔战栗

树木真是安静，让我忍不住猜想
夜深时，它们可能也会唱小小的歌
那时候，植物们必然会忘记
它们有些过分美丽

布谷鸟

很难想象
我在武汉最拥挤热闹的街道
还能听到布谷鸟的声响
它们依旧粗犷而热烈

小时候，奶奶告诉我，它嘴里哼的是
"豌豆——苞谷——豌豆——苞谷"
循环往复，它们一直为单调的声音而感到骄傲
我信任奶奶，就像我信任布谷鸟的叫声

偶尔我也猜测
在武汉这只，是不是小时候遇到的那只
它身披同样的光，唱同样的歌
站立在我的不远处，清洗自己的羽毛

这真是一件值得喜悦的事情
让我有理由相信

故乡远了，而故乡一切的风物
都以相同的形式在不同的时间里
来到了我的身旁

水　稻

祖父拥有水稻一样的身体
佝偻、弯曲，一生都站在田里

他也用水稻养育父亲
用泥土的温厚培植父亲水稻一般的品行
安静、迟钝，只要为他人奉献便可以
无休止地递出自己体内的黄昏

水稻也喂养了我，养活了弟弟
从这片土地出走时，我们共同拥有了
土地的秉性。干净、朴实
并带着泥土的味道

我知道的，这一生
我们都将拥有水稻的天赋与命运
——追风生长
手抓泥土，心悬明月

枯萎的栀子花

它们已经在桌上站立了好久
疲惫到，不得不弯下腰去

与此同时，色泽也不断溃败
那些圣白如玉的表达，不断地向褐色趋近

叶子蜷曲，枯黄，焦灼，一种瘦弱像极了
临终的祖母

花瓶里的水也混了，它企图用混沌的状态
控诉我，控诉那些目中无花的人群
但——

这些并不能阻止它们，依旧吃力地香着
漫无目的地香着，无所顾忌地香着

并不能阻止它们，在死亡面前
保持着花朵的本分

辑五　兼致星翰

雨　天

记忆中的雨水，落在清明，落在白露
落在长沙漫天的雾霾里
借散落的姿态，让所有人变得脆弱
或伤心

我想不出来
究竟需要多么宏大的理由
雨水才会毫无保留地献祭自己
换取草木和道路湿漉漉的轮廓

究竟要有多深沉的爱
得以让群山在自己身体里远行

我想，我到底还是喜欢雨的
但对于雨天
我总是深怀敬畏

星翰，如你所见
一滴雨，足够幼小
却足以模拟万物的破碎

雪地里

那么宽阔而巨大的脚印啊
来自在这个深冬
一个不得不出门的人

雪还在下，不停地下
却填不满这深陷的孤独

我在等雪停以后，带狗子出去玩雪
这是它第一次见到雪
它眼里满满的，都是新奇
是一个孩子才会具备的雀跃与天赋

楼下，传出邻居奶奶出殡的哀乐
那么有节奏的痛苦
才能匹配一次郑重的告别

是啊，冬天
雪地里拥有具体的快乐
更拥有具体的悲伤

小　狗

作为一只流浪狗
流浪成了它生命的梗概
一生漫长的叙事中，一些远行
不是选择，而是必须

收养一只流浪狗
有人因为巧合，有人因为慈悲
而我仅仅是因为我们相似
而不需要解释的命运的凹凸

此刻，它躺在我的左手边
半闭着双眼，似睡非睡
一呼一吸间
起伏的小肚子与光影获得了共振

新年祝福

通过微信、邮件、电话、短信
把那些漂亮的词语都给到你
仿佛就给了你可以拥有的际遇

毕竟，新年总需要相信点什么。就像
祖母拜佛，父亲祭祖，他们掏出
内心的信仰去交换儿孙们来年前路坦荡
那是他们曾经努力过，却没能实现的前半生

是的，我从不相信一个人可以前途似锦
但我仍然要祝福你
明知道，这是命运的事
但我还是想做

以此来表达对你
那些无能为力的关心

晚　霞

这么久了
第一次下班回家天还亮着
漫天晚霞也在
热闹地等着那个孤独晚归的人

车流涌动，滚滚红尘
天上地下都灿烂得要命
只等微风送来星辰的消息

我爱这疲惫的人间
即使依旧被危险和琐碎围困

明天应该是个好天气
这也是妥妥值得开心的事情

你知道的，只有那些同样疲惫的人
才会被这微小的美好所打动

想　象

见到我不知道品种的鸟
我都乐意给它取一个小名
哪怕它并不知道这些
有些温暖的遇见
值得拥有一个名字

每天都有一只灰鸟落在窗前
或者几只。我把我的名字给了它们
并在它们身上模拟练习
飞翔的能力

我想象过羽翼下的风速
也假想身披日光滑翔时的阴影
我时常以假想去完成我配不上的事物
乃至后背切除肿瘤后留下的伤疤发痒时
也让我误以为
正在长出幼小的翅膀

星星不说话

月亮都回家了
星星还在那里，只是闪烁
不说话

听说，它们的光
从数百年前就出发
才能赶在这个时候
和我们遇见

我不理解，需要怎样的情谊
才值得如此隆重

而老天爷仅仅只是为了
安慰那个晚归的人
就这样提前给他亮了数万盏灯

湖水静默

大多时候，它都陪着垂钓者
给他中年的孤独与厚重
并且一次次掏出体内的游鱼
博取他片刻的喜悦

大多时候，它都是静默的
像守着墓碑的老人

但只有我知道，它
爱过风，也爱过滑翔的鸟翅
水杉给它的倒影
它都藏在心上，送给寂寞的旅人

晨光熹微

光，走了那么远的路
却没有疲惫的双脚。这真让人羡慕
如你所见，它拥抱的事物都是崭新的

比如房屋、道路、早熟的樱桃
还有那株叫不出名字的植物
所开出的小黄花

当它抱住我的时刻
我在黑暗中也获得了质感和轮廓

是的，遇见光
我们获得了崭新的理由
哪怕今天又将重复昨天的路径
但是情绪是新鲜的、目光也是

即使，我们还是得拖着疲惫的双脚
走很远的路

阳光，溜了进来

没有经过我的允许
它越窗而入，躺地不起
与此同时，也给我递来深冬薄薄的暖意
以及窗户下吊椅斜长的阴影

我羡慕阳光的大胆、冒昧，横冲直撞
不管对方是否愿意都可以抱个满怀
那略带喜悦的轻盈，让人总能
心生欢喜

阳光慈悲，阳光善意
在深冬，尤其如此

这样的日子，就连病痛、苦难
甚至死亡，回忆起来都有温和的轮廓

谢谢阳光，让我们可以
原谅不好的事情，反复发生

徒　劳

星光如此徒劳
可在夏天的夜晚，它总是准时到场

花开好看，也是徒劳
流水徒劳。当我以用途反复打量这个世界
影子，最是徒劳

可我是如此需要它们，正如我们需要
光的对立面，需要有用的边界

需要徒劳的它们
教会我们谨慎地保持着无用
保持着与世界的距离

热 望

的确，我有在等待扶桑茂盛
然后开花，结果
像一个生命等待另一些生命的骤然降临

作为交换，我有悉心照料
浇水，施肥，寂寞的时候，也跟它说话

我对盆栽的执着
可能遗传自一生都和土地打交道的祖父

那时候，土地专注、善良，让人信任
一年四季都会连续不断地
从身体里掏出绿意与果实

而城里的扶桑如此脆弱
断断续续地长斑、枯黄，不分时节地落叶

是的，植物本无目的
但它也会拒绝那个一心向它索取的人

卖花人

那是多么勇敢的花呀，竟然选择
开在了夏天。偶尔有风，更算是热浪
不定时地摇它的枝蔓，零星的香味
便弥散开来

我路过时，它们正摆在马路牙子上
被挑选，被指责，被售卖
卖花的是一个老爷爷
他对花朵的了解，更多是在价钱

我依然能想象，收摊后的夜晚
他剪下即将枯萎的一枝，送给他
已经枯萎的妻子
这也算是穷人的浪漫

那时候，月光柔软
均匀地铺在，他们和花朵之间

夏日温柔

那些只属于水蜜桃、芒果和西瓜的日子
多需要一个命名

有人叫它六月，也有人叫它夏天
都带有细腻的情绪。听上去
热烈而甜蜜

你必然，在这样的时节里
毕业、答辩、旅行，去往另外的城市

遇见一些陌生而可爱的人们
你们之间，偶尔也有可爱的事情发生

世界也不尽美好，生离死别当中
太多残忍。还好有夏日
夏日有水蜜桃、芒果和西瓜
那些，只隶属于清甜的安慰

写　真

那桌上的静物
与我始终保持着半米以外的距离
那种克制，像是一份
需要练习才能触达的隐忍

我如实地描述它的形状、色泽、弧度
以及质感与阴影。一种模仿
来自给我拍摄轻写真的摄影师

他温和地从无数的角度切入
使一再被世事打磨圆滑的我，看上去
也能够棱角分明

我想，他必定是
一个曾经坐下来和岁月长谈过的人
只有如此，才能让那些像我一样暗淡的事物
终于在某一刻，可以被时间所照耀

早上六点

天，是一下子突然亮的
多好，整个世界从黑暗中脱身
只需要一个早上六点

和日光交换出无数
可爱的影子、奔忙的影子、柔软的影子
只需要，一个早上六点

早上六点，万物赴光
满足我们对清晨的想象
使那些在暗夜里寂静的事物，得以
重新发声，手提自己的影子
在日光里飞行

当然，也让混沌笨重的我们
突然有了层次性

影 子

一起身，它便跟了过来
似乎，比伴侣亲近，比狗狗更忠诚
有时候，你想打听它的名字和去处
它给了你带有灰度的声响

阳光灿烂的时候，它务必走在你后面
推着你往前，或者追着你往前
偶尔阴雨，它便隐隐约约地跟着
淡淡的，像一些心情的泄露

在一天里，无数次
它模仿着你向生活逼近
置换出无数的形态
却从不疲惫

当你想要歇一歇
它也跟着你，躺了下来

香薰石

好几个月，我都找不到味道的出处
不管是阴天、雨天，还是晴日
都会有淡淡的香味淡淡地在

那种节制的、腼腆的、孤独的味道
真适合居家隔离的人
像是一种陪伴
更像是一种安慰

等我整理书架的时候，才发现味道的出处
朋友送的香薰石被遗忘在角落

让我倍感温暖的是——
被遗忘的生命，也可以自顾自地香

选　择

小时候我们会为选择走哪条小路
而犹豫很久
长大后的选择，是为了一个城市
一个人，或者，一种生活

后来，我们把无数条路走成了同一条
把无数的人，爱成了同一个

到最后，或者从始至终，我们
都只拥有一种生活

年老时，我们一同坐在老屋门槛前回忆
夕阳，或许先于迟暮来临

那时候，我想
我们必然会后悔
毕竟，无数的时刻——
是我们选择了愤怒
选择了悲伤

女诗人

作为女性，我更爱女诗人的作品
它们柔软、坚韧、明亮，有着你需要靠近
才能触达的阴影

当她写母爱
一定是带着女儿和母亲双重身份

走笔爱情，她会给你
一个诗人才能有的敏感和觉知

她爱一棵树，爱一朵花和爱一个人
没有什么不同
都带着忘我的本质和赴死的决心

似乎无论什么时候
她都能够美得不可方物

像一株栀子，递出香气的同时
以盛开的方式，不断递出自己的内心

无　题

晚上十点四十六，马路边
挖掘机还在"突突突"地工作，陪着它的
是一群仍在为日子而努力的人们

我清楚地知道，生活的内在逻辑
残忍的不只是
菊花枯萎，以及冬天的必然来临

等挖掘机撤退，依次铺上鹅卵石、水稳层
沥青覆盖住水泥表面。而后
这条街道又将重新回到该有的热闹
这种热闹，无关此时在街上劳作的人群

我尝试着理解其中暗含的秩序
让我稍稍获得安慰的是
月光，终究是平等的，温和地落在
所有人头顶

脱口秀

站在台上的时候，他不用幻想
早已经成为我们关注的重心

在这样一个简单的周末
是最朴素的快乐
把所有陌生人聚在一起

他挨个儿地调侃自己身体的残疾、头脑的缺陷
台下，只有我们肆无忌惮的笑
才让这么多年他遭遇的霸凌得到了理解
或者，些许安慰

这个下午，我笑得快要流泪
得是多勇敢的人，才能用幽默抵抗暴力
得是多无畏的人，才敢于
以伤口的面目让自己回到世界中心

为什么生日祝福总是快乐

我们的想象力是如此清瘦、贫瘠、脆弱
以至于对一个人生日的祝福仅限于
——快乐
而不是生日幸福，生日闪耀，生日成功
或者其他什么

我们太擅长把不能完成的事情放在祝福里
比如乘风破浪
比如前程似锦
比如百年好合

因此，"生日快乐"也能得到很好的理解
毕竟快乐——
对于大多数人来说仍然是一件艰难的事情

我们都需要借助生日
来缝合那些日常的缺口

植物的情绪

一棵树得站在原地多少年
才能被人辨识，被人记忆

为了表达
它为自己赋予了色泽和香气

枫叶红，银杏绿，梧桐黄
香樟不同季节有不同的模样

玫瑰、栀子、茉莉、月季、薰衣草
凭借气味让自己被反复喜爱

石楠花、夜来香也模仿着练习
认真地让自己富有植物丰富的气息

即使生活已经原谅了我的笨拙和迟钝
但我仍然学着植物们
在不同的季节里
掏出自己脆弱的面孔和情绪

身披阳光的人

不管是白天还是夜晚
你总是能够恰如其分地站在光里
一身灿烂。这真让我羡慕

我该怎么给你描述
自卑且委屈的人，很难长出好看的影子
能够做的只是，收敛对光的喜欢

下班后，我买了一株含羞草放在阳台
它是如此可爱
碰一碰就能稳稳地抱住自己

这是一天里我最喜悦的时刻
一个胆怯内向的孩子
终于在一株植物身上
获得了安慰

年少的喜欢

当一个女孩做了母亲
她大致会忘记
她曾经拥有一个多么欢喜的自己

会在夏天穿白色的小裙子
捏着衣角，去见可爱的人们

那时候说爱，就像爱大地，爱星星
一样干净，一样毫无缘由

遇见喜欢的人，她会写长长的信
比冬天更长，比秋风更深入人心

她从来不懂得如何打磨语言
即使反复练习，她说出的情话
依旧酸涩而坚硬
如同初夏芒果的内心

事关夏天

时值六月
我们都成为有关夏天的人

如果可以，我们理应热烈
并饱含水分

在夏天，终于可以心怀天下
关心日出日落
担心歇斯底里的雨水
落满归家人的头顶

你无须日夜兼程便走向了浩大
毕竟夏天
事关茂盛，事关澎湃
适合一切美好的事物渐次发生

想象力

想象向日葵开满整间屋子
想象芒果可以从皮肉甜到核心

想象小西瓜在阳台上撑起小小的阴凉
路过的蚂蚁和昆虫
最后都找到了歇脚之地

想象祖父挽起裤腿还坐在田埂上
田里的水稻、稗子、黄鳝、蚂蟥都长得很好

想象久别之人可以再次重逢
席地而坐聊过往的伤心事
就像聊起城市和天气

借助想象
我终于找到了和自己的和解方式

但真是惭愧
我的想象甚是贫瘠、羸弱
只是靠想象和离开的人再次遇见

凭借想象

让美好的事物肆无忌惮地发生

星翰，祝你永远清晰且明亮

月光太浩大了
当它照耀一棵树
一棵树就给它好看的阴影
当它撞见一池荷花
荷花还它无数不规则的形状

必然，它还会落在我们的房顶
包围一家人晚饭的热气和热闹

这一生，没有人能逃过月光的追捕
它比你的爱人更容易找到你
给你一身的清晰与明亮

图书在版编目（CIP）数据

一种具体 / 康承佳著. -- 武汉：长江文艺出版社，
2024.6
（第39届青春诗会诗丛）
ISBN 978-7-5702-3460-8

Ⅰ. ①一… Ⅱ. ①康… Ⅲ. ①诗集－中国－当代
Ⅳ. ①I227

中国国家版本馆CIP数据核字(2024)第005943号

一种具体
YIZHONG JUTI

特约编辑：聂　权

责任编辑：王成晨　　　　　　　　　　　　责任校对：毛季慧

封面设计：璞　闻　　　　　　　　　　　　责任印制：邱　莉　　王光兴

出版：长江出版传媒　长江文艺出版社
地址：武汉市雄楚大街268号　　　　邮编：430070
发行：长江文艺出版社
http://www.cjlap.com
印刷：湖北恒泰印务有限公司

开本：880毫米×1230毫米　　　1/32　　　印张：5.75
版次：2024年6月第1版　　　　　2024年6月第1次印刷
行数：3525行

定价：52.00元
